NOMS

DES

COLLECTIONNEURS

D'HISTOIRE NATURELLE

EN 1767

PUBLIÉ

Par A.-R. DE LIESVILLE

VICE-PRÉSIDENT DE LA SOCIÉTÉ D'APICULTURE
VICE-PRÉSIDENT DE LA SECTION D'ART CÉRAMIQUE, ETC., ETC.

CAEN

IMPRIMERIE DE F. LE BLANC-HARDEL
RUE FROIDE, 2

—

M DCCC LXVII

NOMS

DES

COLLECTIONNEURS

D'HISTOIRE NATURELLE

EN 1767

PUBLIÉ

PAR A.-R. DE LIESVILLE

VICE-PRÉSIDENT DE LA SOCIÉTÉ D'APICULTURE
VICE-PRÉSIDENT DE LA SECTION D'ART CÉRAMIQUE, ETC., ETC.

CAEN

IMPRIMERIE DE F. LE BLANC-HARDEL
RUE FROIDE, 2

—

M DCCC LXVII

Tiré à 50 exemplaires.

———

JUSTIFICATION DU TIRAGE :

N

Plufieurs naturalistes de nos amis, fachant que nous poffédions la lifte , des collectionneurs d'hiftoire naturelle de 1767, nous ont vivement engagé à publier cette lifte.

Nous avons trouvé cette nomenclature dans un petit livre devenu rare, intitulé : Conchyliologie nouvelle & portative *ou collection de coquilles propres à orner les cabinets des curieux de cette partie de l'hiftoire naturelle, mifes par ordre alphabétique, avec les notes des endroits d'où elles fe tirent & des cabinets qui renferment les plus rares* (1).

(1) A Paris, chez Regnard , imprimeur de l'Académie Françoife, grand'falle du Palais, à la Providence, & rue Baffe-des-Urfins. M. DCC. LXVII.

Notre seul désir, en mettant cette publication au jour, est d'être agréable aux personnes qui ont bien voulu nous en faire la demande.

INDICATION

PAR ORDRE ALPHABÉTIQUE

DES CABINETS

D'HISTOIRE NATURELLE

RÉPANDUS DANS PARIS

AVEC LES NOMS DES AMATEURS QUI LES POSSÈDENT.

A.

ABBAYE DE BÉNÉDICTINS, rue Jacob ou du Vieux-Colombier.

ABBAYE DE SAINTE-GÉNEVIÈVE, à la Montagne.

M. ADANSON, rue du Jardin-du-Roi, près la Barrière.

Cet amateur, défirant laiffer à la poftérité le fruit de fes peines & de fes foins, a donné fon cabinet au Roi.

Dans le nombre des pièces rares qui le compofent, on remarque une collection choifie & fuivie de tout ce que le Bengale produit de plus précieux dans tous les genres de l'hiftoire naturelle.

M. Aubri, curé de St-Louis dans l'Ifle.

Je n'ai point vu d'oifeaux mieux confervés que ceux qui font la principale partie de ce beau cabinet.

M. d'Avila, rue de Richelieu, vis-à-vis la fontaine.

Ce cabinet eft, fuivant l'avis des connaiffeurs, le plus nombreux & le plus riche de tous ceux qui font en Europe.

B.

M. Bailly du Coudray, rue Ste-Croix-de-la-Bretonnerie.

Mme la préfidente de Bandeville, quai d'Orfay, au coin de la rue des Saints-Pères.

Superbe cabinet abondant dans toutes les parties. Une fuite d'oifeaux admirable, une collection parfaite de madrépores, cailloux, minéraux, &c., &c., & quantité de tiroirs remplis de coquilles rares le compofent.

M. Boisleduc, apothicaire du Roi, rue des Boucheries, fauxbourg St-Germain.

M. Boucher, premier peintre du Roi, au vieux Louvre.

Cet émule d'Albane, dont le pinceau guidé par les Grâces n'offre que des images riantes, poſſède un cabinet curieux, auſſi agréable qu'inſtructif. Ce peintre ingénieux a placé ſes coquilles ſur des tables couvertes de glaces; elles préſentent aux yeux du ſpectateur un parterre émaillé qui ſemble le diſputer à la nature.

A gauche en entrant, on trouve une armoire de glace richement remplie de madrépores, minéraux, cailloux, &c., qui ſont de toute beauté.

M. le duc DE BOUILLON, à la Villette.

M. DE BOURLAMAQUE, rue Ste-Croix-de-la-Bretonnerie.

C.

Cabinet du Roi, dans ſon Jardin-des-Plantes,

où tout ce que la nature produit de plus rare & de plus précieux dans tous les genres eſt raſſemblé.

M. DE CAUMARTIN, rue Ste-Avoie.

M. le marquis DE SAINT-CHAMOND, rue Thévenot.

M. le duc DE CHAULNES, rue de Varennes.

M. Chaveneau, rue de Varennes, près la Barrière.

M. Chauveau, quai d'Anjou, iſle St-Louis.

M. le duc de Chevreuse, rue St-Dominique.

Mlle Clairon, rue Vivienne.

M. l'abbé de Crillon, à la place Royale.

Son cabinet n'eſt pas encore ouvert. Il ſera très-beau, par le ſoin que cet amateur prend de raſſembler les morceaux riches & précieux.

D.

M. Duhamel, de l'Académie des Sciences, quai d'Anjou, dans l'Iſle.

La partie des coquilles eſt belle; mais, ſelon moi, le grand mérite de ce cabinet vient des madrépores, qui ſont de la plus grande eſpèce & de toute beauté. L'on doit cette attention à M. Fougerou, ſon neveu, membre de la même académie.

E.

Mme de Escours, à l'Arſenal.

M. DE L'ÉPINE, architecte, rue l'Évêque.
Pour les minéraux.

F.

M. DE LA FOSSE, maréchal, rue de l'Éperon.

G.

M. DE GIRONVILLE, rue du Grand-Chantier.

M. GUÉTARD, au Palais-Royal.

C'eft le cabinet de M. le duc d'Orléans, dont il a la garde & la conduite. Il confifte, pour la plus grande partie, en pétrifications.

J.

M. JACMIN, jouailler du Roi, quai de l'École.

Ce cabinet, arrangé dans tout fon avantage, eft compofé de belles pièces. La partie des pierres précieufes, qui eft très-confidérable, en fait le plus bel ornement.

M. LE JENEUX, commis des finances, à l'hôtel de Chavigni, rue d'Enfer en la Cité.

M.

M. le préſident DE MALSERBE, à la Chan-
cellerie.

M. le marquis DE MARIGNI, rue St-Thomas-
du-Louvre.

C'eſt aux ſoins de M. l'abbé Nolin que l'on doit
ce beau cabinet.

M. MAUDUY DE LA VARAINE, rue des
Écouffes.

Mme DE MONTECLAIR, rue du Cherche-
Midi.

M. MORAN, médecin, rue du Vieux-Colombier.

M. MORAN, chirurgien-major des Inva-
lides, rue de Grenelle.

M. l'abbé MOREAU, au Séminaire de St-
Sulpice.

Beaux madrépores.

M. MOUDON, rue des Boulangers.

N.

M. DE NANTEUIL, rue d'Enfer, place St-Michel.

Belles coquilles.

M. l'abbé NOLIN, à la barrière du Roule.

O.

M. le baron D'OLSBAC, rue Royale.

Mines & pétrifications.

P.

M. PATIOT, rue de l'Univerſité.

Pour les minéraux.

M. le marquis DE PAULMY, à l'Arſenal.

Les Petits-Pères de la place des Victoires.

M. PICARD, rue St-Martin.

R.

M. ROUELLE, apothicaire-chimiſte, rue Jacob.

M. ROUSSEL, fermier-général, rue Plâtrière.

S.

M. LE SAGE, apothicaire-chimifte, rue de Buffi.

Joli cabinet & très-inftruélif.

T.

M. TROUART, rue Montorgueil.

Belle colleétion de marbres; belle armoire remplie de madrépores, lithophites, cailloux, minéraux, & un admirable arrangement de coquilles dans des bas d'armoire à jour.

V.

M. DE VALMONT, payeur des rentes, rue du Sentier.

M. VARENNES BEOST, rue de la Sourdière.

Mines & pétrifications.

M. VATELET, receveur-général des finances, rue de Berri, au coin du rempart.

M. DE VIGNI, architeéte, rue des Fossés-Montmartre.

LISTE

DES CABINETS

EXISTANS

DANS LES PROVINCES.

❧

B.

M. de Beauval, major, à Compiègne.

C.

M. Carré des Varennes, fecrétaire du Roi, à La Rochelle.

M. Le Cat, médecin, à Rouen.

M. le comte de La Chaussée, à Douai.

M. Cloisier, ancien chirurgien, à Étampes.

M. Colombeau, négociant, à Orléans.

Mᵐᵉ de Courtagnon, à Courtagnon, près Rheims.

M. Courtois, à Beaucaire.

D.

M. d'Archant, chez M. le comte de Saint-Florentin.

M. le préfident d'Urfé, à Dijon.

F.

M. l'abbé Favart d'Herbigni, chanoine de Rheims.

M. Fayole, commis au bureau des Colonies françoifes, à Verfailles.

• M. de La Faye, contrôleur ordinaire des guerres, à La Rochelle.

M. le chevalier Froissard de Bersellin, à Dôle.

M. de La Fosse, maître teinturier, à Rouen.

L.

M. Laurent, à Marfeille.

M. Léchevin, premier commis de M. de Saint-Florentin, à Verfailles.

M. Loquet, fecrétaire de M. le duc de La Vauguion, à Verfailles.

M.

M. le marquis DE MAILLY DE CHATEAU-
RENARD, à Dôle.

M. DE MARILLAC, à Dôle.

M. l'abbé MOCRIF, doyen de la cathédrale
d'Autun.
Son cabinet renferme toutes les parties de l'hiftoire naturelle.

M. LE MONIER, médecin, à Verfailles.

M. DE MONTRIBLOND, à Lyon.

N.

M. DE NEUILLY, écuyer du Roi, à Verfailles.

P.

M. PETIT, confeiller au Préfidial, à Soiffons.
Mme DE PUISIEUX, à Vincennes.

R.

M. ROBERT, contrôleur de M. le comte
d'Eu, à Verfailles.

Mme la comtesse DE ROCHECHOUART, dans son château d'Agay, près Dijon.

S.

M. SALLIN, médecin, à Gray.

M. le chevalier DE SORRAM, à Besançon.

T.

M. DE THUISSON, à Abbeville.

M. DE LA TOURAILE, à Lyon.

V.

M. LE VACHER, chirurgien major des hôpitaux du Roi, à Besançon.

M. VIGUIER, receveur de capitation, à Besançon.

M. DE SAINT-VICTOR, président au Parlement, à Rouen.

M. VOISIN, maître du Tour de M. le Dauphin, à Versailles.

NOMS

DES

CABINETS ÉTRANGERS.

❧

A.

M. Ammon, docteur en médecine, à Schaf-foufe.

M. Arnould Gevers, à Rotterdam.

B.

M. Bernotti, apothicaire, à Bâle.

M. Bertran, miniftre françois, à Berne.

M. Bisschop, négociant, à Bâle.

C.

M. le prince duc Charles de Lorraine, à Bruxelles.

M. Pierre Cramer, négociant, à Amfterdam.

E.

M. Esther, à Zurich.

F.

M. le capitaine Fraye, chevalier de l'ordre du Mérite, à Bâle.

M. Frefings Devil, à Berne.

G.

M. Gaubius, profeffeur, à Leiden.

M. Grenovius, le fils, à Leiden.

M. Groiner, avocat, à Berne.

M. Gousner, chanoine, docteur en médecine & profeffeur de phyfique, à Zurich.

H.

M. Habraham Gevers, bourgmeftre, à Rotterdam.

M. Haller, bailli, à Berne.
Cabinet curieux en botanie.

M. Hes, maître en chirurgie, à Zurich.

M. Hostris, négociant, à Zurich.

L.

M. Lallemand, profeffeur, à Leiden.

M. Levater, apothicaire, à Zurich.

M. Langius, à Luferne.

M. Lionet, à La Haye.

M. de Luc, négociant, à Genève.

M.

M. Maler, prévôt & chanoine du chapitre de Mouftier, à Delemont.

M. Mayer, négociant, à Amfterdam.

M. Messedelaar, apothicaire, à Rotterdam.

M. Mevscher, à La Haye.

N.

M. de Nieuport, à Gand.

O.

M. le prince d'Orange, à La Haye.

P.

M. Pichart, docteur en médecine, à Utrecht.

S.

M. Samuel Ulrics, négociant, à Berne.

M. Schlosser, docteur, à Amsterdam.

M. Scholtesse de Hottingue, de l'Académie, à Zurich.

M. Schravenwaard, à Utrecht.

M. Springly, pasteur à Steftlin, près Berne.

V.

M. Van Eversdyk, à La Haye.

M. Vandermeulen, négociant, à Amsterdam.

M. Vanhoué, docteur, à La Haye.

M. l'abbé de Vitri, à Tournai.

M. Voet, docteur, à La Haye.

M. Volkemanne, à Hambourg.

Mme la princesse de Waldechi, à Arolfen, pays de Waldechi.

Caen, typ. F. Le Blanc-Hardel.

OUVRAGES DE M. A.-R. DE LIESVILLE :

Catalogue des mollusques vivants aux environs d'Alençon.
Un mot sur l'*Helix cincta.*
Examen critique & impartial de la Théorie, sur l'éducation
   antérieure..
L'Académie & l'Éducation antérieure.
De la décadence de l'art dramatique.
Guide du voyageur à Bagnoles-les-Eaux.
Vues de Cherbourg.
Recueil de bois ayant trait à l'imagerie populaire.

HAMET & A.-R. DE LIESVILLE :

Galerie des apiculteurs célèbres.
Huber.
Réaumur.

EN PRÉPARATION

Guide du baigneur à Granville.
De la gravure dans les anciens ouvrages apicoles.
Zoologie apicole.
L'art révolutionnaire.
Épigraphie campanaire.
Les îles de Chausey.
Recherches sur des faïences de la Décadence & sur celles
   de l'époque révolutionnaire (conférence faite au Cercle
   numismatique).

CAEN. — TYP. F. LE BLANC-HARDEL.